Tomoko
Sato

to the lake, everything behind

ぜんぶ
残して湖へ

佐藤智子

左右社

ぜんぶ残して湖へ

1

食パン

夜ごと春めいてリニアモーターカーの駅

夜の梅水辺のように腰かける

医薬品買って二月の辻に居る

満作のただのけばだち徒歩で行く

早春のコーンポタージュ真善美

スヌーズやちりとりに降る春の雪

ブリトーと雲雀の季節切手買う

なんとなく悲しいフォント多摩の春

海苔炙るすべての窓が開いていて

空咳やむこうに咲いているのは桃？

たまごやきとコーンスープや雛祭
食パンを焼かずに食べる花曇

今日海に行く可能性ハルジオン

歯磨きの小手毬濡れている窓の

食パンの耳ハムの耳春の旅

エルマーとりゅういつまでも眠い四月

コンビニの食べていい席柳の芽

トレハロース入りのどら焼き鳥交る

紙詰まり直しにすぐに春の指

スカーフが恥ずかしいので春の浜

それらもう無効浄水場の春

町の藤注射の後の目の暗さ

明けない夜だよ伊予柑の香がやたら

雪柳七時かそこらなのに怖い

藪椿虎のいるような森では

梨の花この傘夜にさすと変

春郊や日時計と気づかずにいる

水色の鉄塔のある花曇

ライラック換気しないでずっと夜

お茶を持って二階や春と春の雨

桃色の農薬が要る春の納屋

玄関に米置いたまま春の闇

夕方の春林と鳴るレインコート

春惜しむクレープを畳む所作など
コンビニの袋ごと飲むミルクティー

炒り卵ぜんぶ残して湖へ

豆の花膝に影絵の蟹で待つ

2

微発泡

まだパジャマ紫陽花が野菜みたいで

茄子漬がすこしふしぎで輝きぬ
あなミントゼリーに毒を盛られたし

ドット着て端午飽きてるフリスビー

あらかじめしけったもなか青嵐

花ざぼんこぼれる窓からも見える

イヤリングなくした森へはなむぐり

薫風や今メンバー紹介のとこ

ださい犬連れて五月はまだ夢の

薫風や蕎麦で済ませて来た人と

焼いた烏賊そうしていれば終わる日の

梅雨を祝う椅子の回転を使って

さぞ緑雨立膝をして爪を塗る

塗り薬飲むヨーグルト寒い梅雨

アメリカンチェリー親孝行ってどうしてる?
日曜日川の蟹帰りに捨てて

魚焼きグリルを洗う枇杷の家

薫風やどこへも行かないねラーメン

サッカーのズボンゆったり夏の雨

沢の水のようにポカリやちゃんと行く

花水木やたらさパン買って生きる

この部屋のどこかに水着パスタ繰る

微発泡おとなしいかみきりむしと

水鱧を食べてハートのハートのための

スターフェリー湯引きする鱧つかまえに

本物のお宮のありてただ茂

夏の茂セコムか何か鳴り続け

朝蜘蛛やテニスボールのおろしたて

夏屋敷清潔な靴下で行く

もうみんなコーチで杏の実を拾う

噴水はからっぽ海に行く電車

ノンアルコールビール杏の実生る嗅ぐ

パーマもっと強くかけたいのに鳳梨

早桃のタルト食うときのフォークはこう

冷やし珈琲耳にかけずに残す毛束

遠く近く誰の内線いつの蟬

いはむやをや塾の階段では涼む

マスクメロン眼鏡の小学生きみは

くいぶちについてのはなし黒ビール
襟首のかりっと焼けてチリワイン

手羽は手羽餃子は餃子夏の花

悪い人いるね手酌で黒ラベル

たちくらみ不思議がりたいだけでしょう

昨日よりましな夜風と鱚のフライ

夏の菊フォーク握ったまま笑う

ペリエ真水に戻りて偲ぶだれをだれが

夏の星スライダー全球打たれ

3

搬 入 ・ 搬 出

棗棗夏休みみたいに過ごす

手花火にかがめば味のしないガム

古いめのニュータウンなりオクラ買う

デラウェア全然ゴジラ来なそうな

秋の虹襟のない服を着ている

半休やとうもろこしの髭ゆたか

スニーカー適当に萩だと思う

雨戸して桃は台所で食べる

かまどうま軋んで回る天球と

鮭をほぐす　夜でも空が高いと思う

虫の秋忘れたり落としたりする

月上る生ハムをお皿に貼って

そこここに木犀こぼし夜の蛇行

梨三つ夜じゅうついていたテレビ

秋は今三十デニールくらい　川

オリーブのすっぱいパスタ明日にする

残念賞秋の柑橘類絞る

エレベーター来ない花野はきっと雨

目を上げてしんじゅく淡い秋の雨

ラベンダーの裸木はこんなまた雨の
十月の瞬間移動雨ばかり

旅行きらい小旅行好き落花生

天高く旅先の図書館に居る

きりたんぽ一本ずつや旅の宿

いつまでも蜜柑の香り次で降りるよ

秋日和そっすね船に積む列車

新蕎麦や全部全部嘘じゃないよ南無

最近の口紅は無味秋日和

薄い方のピッツァと秋のフォークたち

肉汁をぬぐったナイフ秋の昼

無花果は何味などと窓の昼

ラジオから雨中の競馬栗をむく

ななかまど靴下の色決められて

尻ぺたのたよりなくあり小鳥来る

次郎柿父は微笑んで寝ている

蒸しパンや団栗拾うくらいしか
ポプラ散る自転車に乗らなくなって

搬入・搬出もう寒い秋祭りが行く

銀杏散るよその会社の社員たち

秋は去ってダクト見ながら飲むビール

癇癪を起こしお芋を食べて寝る

4

橋

寒いより眠いジャンボンフロマージュ

タクシーで黙るこれより冬に入る

冬めくや眉毛の中にあるほくろ

水鳥やドーナツ買って人の家

いいショール茶葉と下着を買いに出る

冬はつとめてフューシャピンクの鳩の脚

静電気否テレパシー冬の庭

かしらんと男が言って冬の晴

冬天や偽札に貼るホログラム

冬の君さびれたほうの改札に
冬の香水知らない強い言葉たち

革ジャンパーとても悲しくてもうだめ

冬の陽の細くて魚肉ソーセージ
フリースを似合わせている頭痛かな

いい葱はコンソメで煮るまだ泣くよ
濡れていく洗濯物と冬の蔦

油揚げあぶって食べよう冬木立

ちくわぶが汚れているしひどい冬

無資力や首巻をして書庫に入る

冬の泉薬局で待たされたまま

元気かなけんちん汁にライス入れ

おじいさんとわたしで食べるちいさな蕪

けさらんぱさらん黒くない外套を着て

ならではと思う冬野に耳は透け

ほぼ海の匂いの川辺クリスマス
冬を愛すビオフェルミンのざらざらも

聖アンセルモ聖堂魚のように落葉かな

ポインセチア私の階段へようこそ

バスマットとりこみクリスマス始める

やわらかいタウンページと鱈の鍋

千両を見ると嬉しい鳥だった

もしもしもしも伊勢海老を壊して啜る

獣には食へぬのでせう餅を焼く

パンタグラフこの一月が長めなり

冬の眼鏡工事現場の青い柵

千両がつやつや午後を早送り

マーガリン冬ほほえんでいる庭師

サンシャイン60弟が呼んだ雪雲

財布・電話落とさずに来て初雪

明日降る初雪台所でしゃがむ

昨日は雪雪の日にさした傘

雪まろげ牛乳が手に入ったら
穴熊は鼬の仲間眠りましょう

口角を戻す初雪なのだった

そつなくてせつない　雪のすこし在る

お祈りをしたですホットウイスキー
猛禽は魚肉ソーセージで呼べる

初雪は鳥の民俗　橋に森に

給水塔寒さを脳に通さずに

喉きゅっとしまるほど今行きたい橋

忘れない冬の眼科の造形を

あとがき

自分の一番古い記憶は何か、という話題がある。私にもこれかなというものがあるが、それよりも一番古い記録の話をしたい。現存する私の最古の筆跡は、今も実家の「思い出箱」のような箱に残っているおそらく五歳当時のものだ。サンリオのメモ帳に鉛筆書きでこう書かれている。
「めもともこ　きやうおとうとがかみました」
俳句じゃん。無季。

その頃からなのか、小さな帳面に何かを書きつけることが好きだった。理由を考えると少し憂鬱になる。おしゃべりと違って書いたものは自分の気が済むまで直すことができる。私はとてものろまで動くものが苦手だったから文字媒体を愛したのだと思う。
それから何十年という時間が過ぎ、今。その間に起きたことや、俳句や句会が私をどんなに明るい場所に連れて来てくれたかということ、本を出すことになった感慨、それらを何度も書いては消しながらめんめんと綴ったけれど、やはりここには載せないことにする。折角俳句という世にも短い詩形に出会ったのだから、ここは格好良くいくべきだろう。

現実がいつもいつも苦手だったけれど、この句集は現実にやって来た。これ以上に嬉しいことはない。

的確な助言と栞文を寄せて下さった佐藤文香さん、編集の筒井菜央さん、装幀の佐野裕哉さん、装画のさとうさかなさん、小部屋句会・仮名句会・スパル夕句会をはじめ句会でご一緒した皆さん、本書を作るにあたり力を貸してくれた全ての方に感謝いたします。ありがとうございました。

そして、この句集を手にとって下さったあなたにも心よりお礼を。書架を通り抜けた界隈を、もうしばらくだけ一緒にうろうろしませんか。

二〇二一年十月

佐藤智子

佐 藤 智 子　さとう・ともこ

1980年生まれ

2014年　句作を始める

2017年　『天の川銀河発電所 Born after 1968 現代俳句ガイドブック』
（佐藤文香編著　左右社）に入集

ぜんぶ残して湖へ

2021年11月30日　第1刷発行

著者　佐藤智子

企画協力　佐藤文香
装画　さとうさかな
装幀　佐野裕哉

発行者　小柳学
発行所　株式会社 左右社
東京都渋谷区千駄ヶ谷3丁目55-12ヴィラパルテノンB1
TEL: 03-5786-6030
FAX: 03-5786-6032
http://www.sayusha.com

印刷所　創栄図書印刷株式会社

©Tomoko Sato 2021　printed in Japan.　ISBN978-4-86528-049-4

本書の無断転載ならびにコピー・スキャン・デジタル化などの無断複製を禁じます。
乱丁・落丁のお取り替えは直接小社までお送りください。